LE HUIT MAI

(1842)

Par Eugène ORRIT.

———⊰✠⊱———

Paris.

GARNIER FRÈRES, LIBRAIRES,

Palais-Royal, péristyle Montpensier, 215 bis.

—

1842

LE HUIT MAI

(1842)

IMPRIMERIE DE FAIN ET THUNOT,

Rue Racine, 28, près de l'Odéon.

LE HUIT MAI

(1842)

Par Eugène ORRIT.

Paris.

GARNIER FRÈRES, LIBRAIRES,

Palais-Royal, péristyle Montpensier, 215 bis.

—

1842

LE HUIT MAI

(1842)

I

Il est temps de partir : adieu, Versaille, adieu !
Nous reviendrons te voir, beau Versailles, doux lieu
    Qu'habite notre antique gloire.
Quand l'austère signal dans les airs a vibré,
Tes grands jets ruisselants sous le sol ont rentré
    Ainsi qu'un prestige illusoire.

Le soleil ne luit plus sur tes mouvantes eaux ;
Ils retrouvent, tes dieux couronnés de roseaux,
 Leur couche de vase couverte ;
Les gouttes de rosée éparses dans le vent,
Qui jetaient au vieux bronze un éclat décevant,
 Se sèchent à leur barbe verte.

Mais Paris nous réclame et ses plaisirs des soirs :
Repose, parc ombreux aux larges réservoirs,
 Reprends ta paix accoutumée !
Nos enfants pour un jour ont troublé cette paix :
Enveloppe ton front de voiles plus épais,
 Et dors à la brise embaumée.

A Paris ! car le soir loin de Paris fait peur.
L'esclave que ce siècle a soumis, la vapeur
 Va nous y porter sur ses ailes ;
L'air chassé par son vol rafraîchira nos fronts,
Et devant nous, comme un drapeau, nous secouerons
 Sa fumée et ses étincelles.

Là-bas la cloche sonne : allons, il faut partir !
On entend le sifflet de l'appel retentir :
 Prévenons ces bandes jalouses
De trouver place encore au colossal charroi :
Adieu, palais toujours en deuil de ton grand roi ;
 Adieu, Versaille, à tes pelouses !

II

Et la foule montait, précipitant ses pas
Vers l'œuvre de métal où couvait le trépas!
Voilà donc l'édifice aux blanches balustrades
Où, sous vos pieds, plus bas que le sol des arcades,
L'espace, qu'on voudrait franchir comme l'éclair,
Découvre aux yeux surpris les ornières de fer,
Les wagons, ces prisons, elles-mêmes captives,
Puis les coursiers géants nommés locomotives,
Unis, pour cette fois, par des chaînes d'airain,
Et soufflant de colère en remâchant leur frein.
Le double monstre, las de sa courte inertie,
Vomit avec angoisse une haleine épaissie
Dont le noir tourbillon, à regret s'exhalant,
Se noue et se débat sur le pilier brûlant.
L'eau gronde en bouillonnant dans ses vastes entrailles...
Il part, il part enfin! — Voyez! loin des murailles
De la ville étonnée, il tourne, il glisse, il fuit;
Et tandis qu'à son front l'ardent fourneau reluit,
Que de longs sifflements l'excitent dans sa marche,
Que la vapeur le presse, il vole, coupant l'arche
Des ponts multipliés; il vole en s'animant,
Toujours faisant flotter un panache fumant

Sur ce front sourcilleux , espace rouge et sombre
Où son tyran hardi se dresse comme une ombre ,
Et , le bras étendu sur le moteur dompté ,
Le gouverne et le rend serf de sa volonté!
Spectacle étrange ! au loin , les tranquilles vallées
A ses rauques abois se réveillent troublées ,
Les échos haletants s'étonnent de ces sons ,
Un brouillard de fumée étouffe les buissons ,
Les arbres tout rêveurs penchent leur tête grave ,
L'air se plaint , refoulé par ce choc qui le brave ;
Et partout la stupeur, l'émotion , le bruit ,
Remplissent la nature et l'homme, dont l'œil suit
Quelques moments à peine encor la masse énorme
Qui passe sans laisser reconnaître sa forme :
Vision empruntée aux vieux enchantements ,
Quand un art souverain guidait les éléments !

III

Ainsi la foule insoucieuse
Qu'emportait un vol dévorant ,
Regardait s'enfuir, curieuse ,
Les rivages de ce courant.
Les enfants, aux genoux des mères ,
Dupes de mobiles chimères ,

En riant montraient de la main,
Parmi la campagne mouvante,
Les grands arbres pris d'épouvante
Et volant le long du chemin.

Enfants! l'amour de leurs familles!
Un gai sourire dans les yeux,
Ils se rappelaient les charmilles
Où résonnaient leurs cris joyeux :
Les jeunes filles animées
Semaient leurs robes parfumées
De grappes de lilas en fleurs;
Mais, ravie à la branche mère,
Moins fraîche est la fleur éphémère
Que leur joue aux roses couleurs...

Et le convoi qui les entraîne
Court plus vite, plus vite encor;
Il déroule sa longue chaîne,
Irrésistible en son essor.
Que l'heure sonne, ce mirage,
Vu comme à travers un orage,
Va s'arrêter, et dans Paris,
Femmes, enfants, remplis de joie,
Entreront, laissant sur leur voie
Une odeur de rameaux fleuris!

IV

O terreur ! tout à coup le choc d'une secousse
Fait retentir le fer ; un ouragan les pousse
    Sur l'espace rayé :
Ils vont, ils vont, ils vont, mon Dieu ! rien ne maîtrise
La foudre ! On sent bondir, sur l'essieu qui se brise,
    Le moteur effrayé !

Mais furieux, aveugle, ivre de sa puissance,
Le colosse qui suit sur le premier s'élance,
    Le foule de son corps,
Et lorsque sur le sol a ruisselé la braise,
Voici que les grands chars tombent dans la fournaise,
    Y secouant des morts !

L'un vers l'autre hâtant leur course formidable,
Ils craquent, repoussés par l'obstacle effroyable,
    S'allument en sifflant,
S'entassent, et soudain des flancs noircis débordent
Deux cents êtres humains que les bras du feu tordent
    Dans leur cercueil brûlant.

Malheur ! ils sont perdus, car une main fatale
A scellé derrière eux ces tombes, où s'étale
    Un trépas plein d'horreurs ;

Malheur! car à leurs pieds la flamme inassouvie
Jaillit, les prend, les broie, et sur des corps sans vie
      Prolonge ses fureurs.

Point d'espoir de salut! Sur eux la mort promène
Son œil de louve, et rit de tant de proie humaine :
      Ils luttent cependant;
Ils luttent! On les voit, au feu qui les dévore,
Se débattre, chercher à fuir, et vivre encore
      Dans l'abîme grondant.

Oh! ne demandez pas que ma voix énumère
Ces tourments inconnus : ni tout ce qu'une mère
      Eut le temps de souffrir;
Ni le cri du marin *, qui, saisi par la flamme,
Mit les mains sur ses yeux, pour ne pas voir sa femme
      Et son enfant mourir!

Tout un peuple combat comme dans une arène;
L'incendie irrité plus vaste se déchaîne,
      Et s'élève hideux :
O dévouement sauveur, méprise cette rage!
La matière a la force et l'homme le courage :
      Qui doit vaincre des deux?

---

* On entendit le contre-amiral Dumont-d'Urville s'écrier : *Sauvez ma femme!
sauvez mon fils!* Puis on le vit porter la main à ses yeux, et il disparut.

Mais il était trop tard ! Déjà le plus grand nombre
Gisaient se consumant dans l'immense décombre :
      Au cri qu'on entendait
Sur les bords s'élever déchirant et terrible,
Déjà dans le foyer, au cercle inaccessible,
      Nul cri ne répondait !

Pendant toute la nuit flamboya dans la plaine
Ce bûcher dont le vent, soufflant à longue haleine,
      Aiguillonnait l'effort :
On eût dit la lueur de torches funéraires !
Et le feu triomphant s'acharna sur nos frères...
      L'homme était le moins fort !

V

Voyez courir là-bas , au premier crépuscule ,
Plus d'un pâle étranger, qui chancelle et recule
      En approchant du lieu
Que l'habitant ému de la main lui désigne,
Et qui n'ose aller voir, et tremble au moindre signe ,
      Et murmure : Mon Dieu !

En vain les malheureux , d'une parole éteinte,
Demandent en tremblant aux gardes de l'enceinte
      Chaque nom prononcé :

Parents, frères, amis, en vain vos yeux avides
Interrogent l'horreur de ces lambeaux livides
    Où l'être est effacé !

Rien qu'une chose humaine, insaisissable et noire :
Devant l'objet sans nom, hélas ! toute mémoire,
    Tout souvenir a fui ;
Nul indice ne parle et nul trait ne demeure :
La mère, en se penchant sur le fils qu'elle pleure,
    Dirait : Ce n'est pas lui !

VI

Où donc était, Seigneur, ta grande Providence,
Dont si souvent l'espoir endort notre prudence ?
Où donc était, Seigneur, ta divine bonté
Veillant sur les hasards de notre liberté ?
Quoi, ces cœurs de vingt ans, ces vieillards, ces familles
Aux enfants si joyeux, ces folles jeunes filles,
Ces braves dont l'effort n'a pu les secourir,
Quoi, tous, par ton vouloir, ensemble ont dû mourir !
Ton nom fut-il absent de leur bouche elle-même ?
Mais chaque cri, c'était la prière suprême
Qui devait, de tes cieux suspendant les accords,
T'arracher leur salut, Dieu sauveur ! — Ils sont morts !

Et comment ? Un beau jour, la stupide matière
Sous ses aveugles coups nous écrase en poussière :
Tout est dit ! l'homme tombe et la matière rit !
Sa victoire brutale insulte à ton esprit ,
Et tu la laisses faire ! et ta toute-puissance
Ne daigne même pas signaler ta présence !
Je me trompe : — eh ! qu'importe un blasphème ? — le feu
N'est que ton serviteur, impitoyable Dieu :
Ton esclave créé ne pourrait te déplaire ;
Il attend que ton doigt nous montre à sa colère ;
Il ne peut rien sans toi ; toi , l'unique tyran ;
Toi, qui lui confias son pouvoir dévorant !
Sois donc abandonné de notre amour ! — Que dis-je ?
Mais chaque essor nouveau , chaque nouveau prodige,
Mais ce feu destructeur redevenu captif ;
Mais la vapeur souffrante , au sifflement plaintif,
Forcée à nous servir ; mais la vie en ce monde ,
De la haute montagne à la mine profonde ,
Et l'éternel labeur épurant son milieu ,
Tout ce travail sublime est le travail de Dieu ,
C'est sa force , sa main guidant la main de l'homme ,
Que cette main l'ignore , ou que son cœur le nomme !
Et si dans le combat engagé chaque jour
La matière en révolte a quelquefois son tour,
Pour son dominateur n'est-ce pas plus de gloire ?
L'empire universel suppose la victoire ,

La victoire une lutte, et la lutte des morts :
Les palmes du combat mûrissent pour les forts !
Ouvrons un vol plus fier au ciel de l'espérance,
Et quand se lèvera l'aube de délivrance,
L'humanité dira : — J'ai vaincu mon enfer,
J'ai consacré l'hymen du Verbe avec la chair ;
Car, au pied de l'autel ceignant ma blanche robe,
Je rassemble en ma main les rênes de mon globe :
Dans tout son univer, mon Père me sourit,
Mon esprit se connaît vivre de son Esprit,
Et je sens m'éclairer la lumière féconde
Déposée en mon sein quand je naquis au monde !

. . . .

. . . .

VII

Qu'avons-nous donc appris, ô mortels ignorants,
Depuis l'opaque nuit des plus infimes rangs
    Jusqu'au soleil de la science ?
Et que peut pressentir des vérités de Dieu,
Même au faîte chrétien, même au fond du saint lieu,
    Le cœur ou la voix qui l'encense ?

Peut-être (quelle foi défend de l'espérer ?)
Lorsque nous ne savons ici que les pleurer,
      Ces âmes, nous quittant joyeuses
Pour une autre lumière, écoutent dans leur vol
Et les bruits éloignés venus de notre sol,
      Et les sphères mélodieuses !

Elles montent toujours : plus d'ombre ni d'effroi !
Et lisant dans les cieux ouverts l'unique loi,
      Bénissent l'heure d'agonie ;
Car Dieu, qui sent en nous l'amertume des pleurs,
Mesure notre joie au poids de nos douleurs,
      Et rend notre âme à l'harmonie.

Donc, avec plus de foi poursuivant l'avenir,
Relevant notre front, qu'un doute a pu ternir,
      Marchons aux nouvelles conquêtes,
Jusqu'à ce que du mal le genre humain vainqueur
Fasse entendre lui-même, en un seul et grand chœur,
      L'écho des invisibles fêtes.

EUGÈNE ORRIT.

Paris, 15 mai 1842.

En vente chez le même Libraire.

LES SOIRS D'ORAGE,

POÉSIES.

PAR E. ORRIT.

1 volume in-8.

IMPRIMERIE DE FAIN ET THUNOT,
Rue Racine, 28, près de l'Odéon.

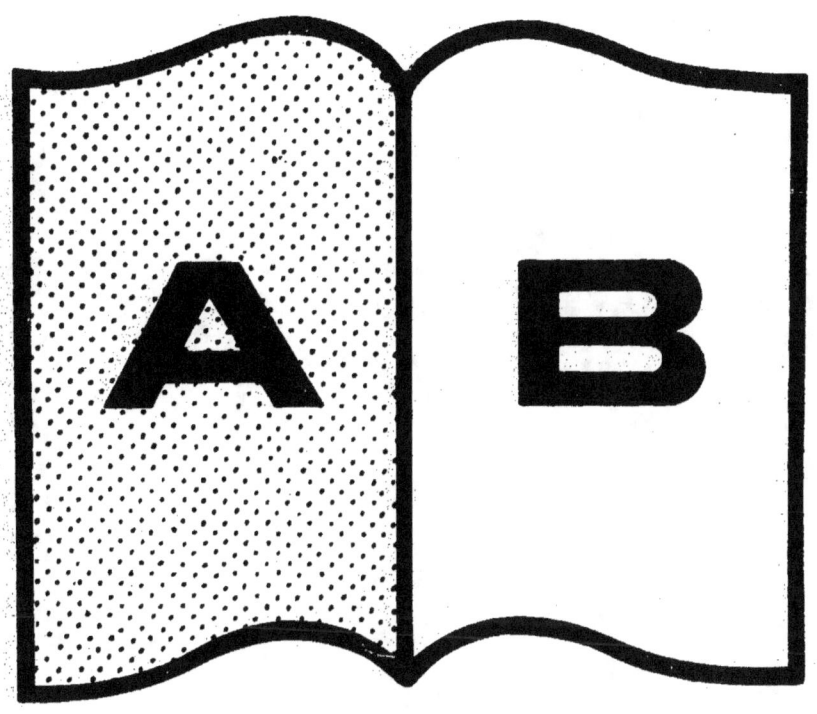

Contraste insuffisant

NF Z 43-120-14

www.ingramcontent.com/pod-product-compliance
Lightning Source LLC
Chambersburg PA
CBHW061532170626
46811CB00004B/1929